Élisabeth

princesse à Versailles

22, rue Huyghens, 75014 Paris
www.albin-michel.fr

Annie Jay

Illustré par Ariane Delrieu

Élisabeth princesse à Versailles

13. Jeux équestres au château

Albin Michel Jeunesse

Élisabeth

Petite sœur du roi Louis XVI.

Louis XVI

Frère aîné d'Élisabeth,
roi de France de 1774 à 1793.

Marie-Antoinette

Épouse de Louis XVI,
plus jeune fille de l'impératrice
d'Autriche Marie-Thérèse.

Clotilde

Sœur
d'Élisabeth.

Angélique de Mackau

Fille de Mme de Mackau
et meilleure amie d'Élisabeth.

Madame de Marsan

Gouvernante d'Élisabeth.

Madame de Mackau

Sous-gouvernante d'Élisabeth.

Madame de Guéméné

Nouvelle gouvernante d'Élisabeth.

Colin

Petit valet d'Élisabeth.

Théo

Page, ami d'Élisabeth.

Guillaume

Page, ami de Théo.

Biscuit

Chien d'Élisabeth.

Maurice de Fontaine

Page, ennemi de Théo.

Charles-Philippe

Frère d'Élisabeth.

Dans les tomes précédents

La vie d'Élisabeth, petite sœur de Sa Majesté le roi Louis XVI, a complètement changé depuis l'arrivée de sa nouvelle gouvernante, Mme de Mackau. Libérée de l'emprise de la sévère Mme de Marsan, Élisabeth vit mille aventures avec sa meilleure amie Angélique, son valet Colin et ses amis pages, Théo de Villebois et Guillaume de Formigier. Ensemble, ils mènent des enquêtes passionnantes. Ils ont ainsi retrouvé le tableau *La Dame à la rose*, aidé une jeune orpheline, déjoué un complot contre le roi, retrouvé un collier volé et déchiffré une lettre codée ! Dans ce tome, Élisabeth va tenter d'empêcher le perfide Maurice de saboter les jeux équestres des pages...

Chapitre 1

Château de Choisy, 28 août 1775.

– Non ! sanglota Élisabeth. Je ne veux pas que vous partiez !

Elle s'accrochait désespérément à sa sœur, Clotilde, qui retenait ses larmes à grand-peine. La veille, la jeune princesse avait officiellement quitté Versailles pour rejoindre son époux au Piémont[1]. Elle avait traversé le palais entre deux haies de courtisans qui lui avaient fait la révérence, puis elle était montée dans son carrosse et avait pris la route.

1. Le 22 août 1775, Clotilde, 15 ans, a épousé le prince du Piémont, héritier du trône de Sardaigne. Le mariage s'est fait sans le marié, qui attendait son épouse dans son pays.

En fait, il s'agissait d'un faux départ. Car, peu après, Clotilde avait retrouvé la famille royale au petit château de Choisy pour une dernière soirée dans la plus stricte intimité.

Ce soir-là, Élisabeth se coucha le cœur bien lourd. Ni Angélique, ni Mme de Mackau, ni même les pitreries de Biscuit, son chien, ne purent la consoler. Clotilde s'en allait pour toujours. Jamais plus elles ne se reverraient.

Au matin, les adieux furent déchirants.

– Babet..., lui répéta Clotilde d'une voix douce. Je suis mariée, je dois quitter la France. Babet...

Elle tenta de repousser sa sœur, mais Élisabeth l'agrippa par le cou pour se serrer contre elle.

– Que deviendrai-je sans vous ? hoqueta cette dernière.

Louis XVI et Marie-Antoinette se regardèrent, gênés et émus. Élisabeth était si sensible ! La reine posa ses mains sur les épaules de la petite princesse.

– Venez, Babet. Clotilde a une longue route à faire.

Mais Élisabeth se débattait et pleurait de plus belle. Sa famille ne comprenait-elle pas combien elle était malheureuse ? Clotilde était son amie, sa confidente... C'était elle qui lui avait appris à lire et à écrire. Encore elle qui la veillait lorsqu'elle était malade...

Mme de Marsan, son ancienne gouvernante, intervint d'un ton agacé :

– Reprenez-vous, Madame. Une Fille de France doit toujours rester maîtresse d'elle-même.

Elle saisit Élisabeth par le bras pour la séparer de sa sœur, ce qui fit aboyer Biscuit.

– Partons, ordonna-t-elle.

Clotilde recula et monta dans le carrosse. Tandis qu'elle s'installait sur la banquette, elle entendit un cri de désespoir qui lui brisa le cœur.

– Par pitié, supplia Élisabeth, ne me quittez pas !

Mais la porte se referma sur Mme de Marsan. La seconde suivante, le cocher criait « Hue ! », et les six chevaux se lançaient au petit trot, leurs sabots claquant sur les pavés. Pour Élisabeth, c'en fut trop. Des étoiles dansaient devant ses yeux. Elle ne pouvait plus respirer... Elle se sentit perdre pied.

– Elle défaille ! s'écria Marie-Antoinette.

Louis-Auguste attrapa sa sœur avant qu'elle ne tombe et la souleva dans ses bras pour la porter jusqu'à sa chambre.

– Prévenez mon médecin ! Vite !

Une heure plus tard, le médecin rejoignait la famille royale, la mine soucieuse.

– Madame Élisabeth a repris connaissance. Je lui ai donné un calmant. Elle ne se remettra pas facilement du départ de Madame Clotilde, je le crains. Il vous faudra être patient avec elle.

– Nous le serons, le rassura Louis XVI.

Mme de Guémené, la nouvelle gouvernante des Enfants de France, s'approcha.

– Si vous le permettez, puis-je suggérer quelques petites choses ?

– Faites.

– Il lui faudrait de l'activité, afin qu'elle n'ait plus un instant pour penser à Madame Clotilde.

– Voilà une excellente idée, approuva le médecin.

– Vous avez raison, madame, renchérit Louis XVI.

– Je l'inviterai à mon château de Trianon, proposa Marie-Antoinette.

– N'adore-t-elle pas tout ce qui touche aux chevaux ? demanda Charles-Philippe, le plus jeune frère du roi.

– Oui ! acquiesça Marie-Antoinette. Attendez... Autrefois, votre grand-père, Louis XV, m'amenait à la Grande Écurie pour voir les pages faire de la voltige. Ces garçons sont très doués. Cela plairait sûrement à Babet.

– Organisons une course de galop ! lança Charles-Philippe. Les lords[2] en raffolent. J'avoue que je suis comme eux. J'ai même acheté dernièrement plusieurs pur-sang[3] anglais que je compte faire courir contre ceux de notre cousin, le duc de Chartres.

2. Titre de noblesse porté en Angleterre. À l'époque, tout ce qui venait d'Angleterre était très à la mode.

3. Race de chevaux anglais dont les qualités sont particulièrement appréciées pour les courses de galop.

– Pourrais-je venir ? se réjouit Marie-Antoinette.

– Bien sûr !

– Personnellement, déclara Louis XVI, je n'apprécie guère cette nouvelle mode. Elle est ruineuse. Mais... Babet aimera peut-être. Nous pourrions aussi organiser des jeux entre pages. Ces jeunes gens ne demanderont qu'à se mesurer entre eux, comme on le faisait autrefois lors des carrousels[4]. Marie-Antoinette pourrait décerner des prix aux gagnants.

– Quelle charmante idée ! s'enthousiasma la reine.

– Parfait, conclut Louis XVI. J'en parlerai au gouverneur[5] des pages.

4. Parade au cours de laquelle les cavaliers exécutent des figures et se mesurent dans des jeux, tels que la course à la bague. Louis XIV en organisa plusieurs, particulièrement somptueuses, au cours de son règne.

5. L'école des pages était dirigée par un homme qui portait le titre de gouverneur.

Chapitre 2

Deux jours plus tard, à Versailles.

– Aujourd'hui, annonça gaiement Mme de Guémené, il n'y aura pas cours !

Trente ans, ronde et jolie, elle était toujours de bonne humeur. Mais Mme de Mackau, la sous-gouvernante, fronça les sourcils. Sa nouvelle supérieure avait de drôles d'idées en matière d'éducation. Mme de Marsan, l'ancienne gouvernante, souhaitait faire des Filles de France les princesses les plus instruites d'Europe. Mme de Guémené, elle, pensait qu'une princesse devait seulement être élégante, avoir de la conversation et savoir danser avec grâce. Voulait-elle qu'Élisabeth cesse d'étudier ?

– Mais..., protesta Élisabeth, nous devions aller herboriser, cet après-midi.

Comme la jeune fille semblait déçue, Mme de Mackau expliqua :

– Madame aime beaucoup se promener pour cueillir des plantes qu'elle collectionne ensuite dans un grand cahier, un herbier.

Mme de Guéméné haussa les épaules.

– Pourquoi pas ? Si cela vous plaît. Mais aujourd'hui, à la place de la grammaire et du calcul, vous irez aux Écuries. Sa Majesté le roi a organisé des jeux équestres pour les pages. Ils se termineront samedi par de grandes courses de galop à la Ménagerie, où Sa Majesté la reine décernera les prix.

Elle éclata de rire et poursuivit :

– Ce matin, vous regarderez ces jeunes gens concourir. Avouez que ce sera bien plus drôle que de conjuguer des verbes ou de faire des multiplications !

Élisabeth soupira. Elle était fatiguée. Cette nuit encore, elle avait mal dormi. Elle n'avait cessé de songer à Clotilde…

Devant son manque d'enthousiasme, la gouvernante insista :

– Peut-être que messieurs de Villebois et de Formigier, vos deux pages, seront parmi les finalistes ?

De nouveau, elle éclata de rire. Mme de Guémené riait de tout, souvent pour rien. Élisabeth aurait préféré passer sa journée au calme. Mais elle n'osa pas dire non à la nouvelle gouvernante, qui était si gentille.

– Allons-y, accepta-t-elle de mauvaise grâce.

Son amie, Angélique, lui prit le bras.

– Théo et Guillaume seront heureux de nous voir. Et puis, Biscuit se promènera avec nous.

– Oui ! s'écria la gouvernante d'un air réjoui. Emmenez votre chien. Rappelez-moi de vous présenter les miens… J'en ai six ! J'adore les chiens.

Réunis dans l'immense cour devant la Grande Écurie, les garçons lançaient des cris de joie. Tous se mêlaient : les pages des Écuries, vêtus de bleu, et ceux de la reine, vêtus de rouge. Ils entouraient les valets qui installaient un curieux mannequin de bois pourvu de deux bras à l'horizontale.

– Eh ! lança Théo de Villebois à son ami, Guillaume de Formigier. Voilà Madame, avec Angélique, sa mère et Colin !

Ils se précipitèrent, chapeau à la main, pour les saluer.

– Connaissez-vous la nouvelle ? demanda Guillaume. Sa Majesté a décidé que nous participerions à des jeux équestres.

– Voyez, poursuivit Théo en leur montrant le bonhomme de bois. Notre gouverneur a sorti des greniers une quintaine[6] de l'époque de Louis XIV. Elle est vieille d'un siècle.

Malgré sa fatigue, Élisabeth sourit.

– À quoi sert-elle ?

6. Nom donné à un mannequin monté sur pivot, qui servait de cible aux cavaliers pendant les jeux équestres.

– À s'entraîner à la guerre. Sur le bras gauche, il y a un bouclier, et sur le droit, une boule de bois pendue au bout d'une chaîne. Autrefois, elle était en fer. On la nomme « fléau ». Le cavalier doit frapper le bouclier avec une lance.

– Sous le coup, poursuivit Guillaume, la quintaine pivote sur elle-même. Il faut alors se coucher sur l'encolure du cheval pour éviter d'être frappé par le fléau.

Angélique prit son visage à deux mains.

– Mais, c'est dangereux !

La remarque fit sourire Théo.

– Mais non, mademoiselle. Il me tarde d'essayer ! En plus, j'ai la chance de monter Phébus, un des meilleurs chevaux mis à notre disposition.

– Les pages des Écuries et ceux de la reine concourent ensemble ? s'étonna Angélique.

Et elle montra du menton une silhouette familière... Maurice de Fontaine. Le page de la reine était leur ennemi depuis toujours. Et pas qu'à eux ! Ses propres compagnons ne l'appréciaient guère. Beau et blond, il était détestable de méchanceté et d'arrogance. Voilà trois semaines, il avait volé une lettre de Louis XVI, provoqué Théo en duel et déclenché une guerre entre pages[7].

Mais Théo haussa les épaules.

– Ah, Fontaine... Plus personne ne lui parle et il a ordre de se tenir tranquille.

Un coup de sifflet retentit.

– Messieurs, lança M. de Beaupré, l'un des deux écuyers[8] de l'école des pages, vous serez sélectionnés sur trois jours. Les dix meilleurs d'entre vous concourront lors de la finale, samedi, devant la famille royale. Aujourd'hui, vous ferez deux passages, chacun comptera pour un point. Tâchez de faire honneur à vos professeurs !

– En selle ! poursuivit son collègue, M. de Pontfavier.

---

7. Voir le tome 10, *Le Courrier du roi*.

8. Professeur d'équitation.

Théo et Guillaume rejoignirent leurs camarades, montèrent à cheval et saisirent une lance. Mme de Mackau en profita pour guider les deux filles vers des gradins de bois installés à l'ombre. De nombreuses personnes y avaient pris place, des courtisans attirés par le spectacle, tout comme des Versaillais. Elles s'y installèrent.

Après un court entraînement, l'épreuve débuta. Le premier concurrent s'élança au galop et attaqua. Il réussit du premier coup ! Il frappa le bouclier de sa lance, se coucha sur l'encolure de sa monture et évita le fléau lorsque le mannequin tourna sur lui-même.

– Quel drôle de jeu ! s'enthousiasma Élisabeth. Il faut être sacrément adroit !

En effet, le bras armé de la boule de bois, en pivotant, ne ratait pas les imprudents. Plusieurs se retrouvèrent par terre, après une belle chute ! Les autres n'hésitaient pas à se moquer d'eux.

Si Angélique et sa mère tremblaient pour chaque candidat, Élisabeth ne perdit pas une miette du spectacle. Elle applaudissait à tout rompre, et lançait des « Bravo ! » aux plus valeureux. La sous-gouvernante en fut enchantée : sa petite princesse se détendait enfin et oubliait sa peine.

– Théo et Guillaume ont réussi leurs deux passages haut la main, déclara fièrement Élisabeth.

– Hélas, cet horrible Fontaine aussi..., glissa Angélique.

Cela fit rire Élisabeth.

– Oui, mais il est moins bon qu'eux.

Le temps passa très vite. Lorsque midi sonna, Mme de Mackau annonça à regret :

– Rentrons, le repas nous attend.

Puis, voyant la déception d'Élisabeth, elle proposa :

– Nous reviendrons demain.

– J'en serai très heureuse.

– Moi également, maman.

– Et moi donc ! renchérit Colin.

Au centre de la cour, M. de Beaupré s'adressait aux pages :

– Trente d'entre vous sont éliminés. Les 90 autres participeront à la suite des sélections. Messieurs, reposez-vous et soyez en forme demain...

Élisabeth se retourna pour faire un signe d'adieu à Théo et à Guillaume. Son regard accrocha Maurice de Fontaine : il observait Théo. Élisabeth perdit son sourire, tant les yeux du page de la reine étaient emplis de haine...

Chapitre 3

À peine rentrée au château, Élisabeth entraîna Angélique et Colin sur sa petite terrasse décorée d'orangers en pots.

– Parlons bas. Je ne veux pas que Mme de Guémené nous entende… Avez-vous vu le regard que M. de Fontaine a jeté à Théo ?

Angélique acquiesça de la tête.

– Moi non, souffla Colin. Quel genre de regard était-ce ?

– Un de ceux qu'il lance avant de se venger.

– Vous croyez qu'il va encore s'en prendre à M. de Villebois ?

–J'en suis sûre ! répliqua Élisabeth en élevant la voix. Il va profiter de ces jeux équestres pour tenter quelque chose…

–Chuuut ! la rappela à l'ordre Angélique. Eh bien, murmura-t-elle ensuite, prévenons Théo et Guillaume, afin qu'ils se méfient.

Colin leva le doigt.

–Je pourrais me rendre à la Grande Écurie pour leur parler ?

–D'accord, accepta Élisabeth. Quelle excuse donneras-tu ?

– Je dirai que c'est pour m'occuper de Framboise, votre jument. Sans mentir, je m'y connais en chevaux. Mon oncle possède un âne. Il me le prêtait souvent pour aller au village, les jours de marché...

Élisabeth lança un rire moqueur.

– Colin ! Un âne n'est pas un cheval !

Le garçon rougit. Élisabeth, voyant qu'elle l'avait blessé, se reprit aussitôt.

– Pardonne-moi. C'est vrai que les ânes ressemblent aux chevaux.

Mais la porte-fenêtre s'ouvrit. Mme de Guémené sortit sur la terrasse.

– Madame, le repas est prêt.

Les jeunes gens regagnèrent le salon. Angélique, qui mangeait avec les femmes de chambre, lui fit une révérence et s'éloigna. Quant à Colin, il s'empressa de retourner à son poste, près de la porte. Dès que les serviteurs apportèrent les plats, il disparut.

Colin arriva tout essoufflé à la Grande Écurie.

– Que veux-tu ? lui demanda le garde.

– Madame Élisabeth s'inquiète pour sa jument. Hier, elle... boitait, inventa-t-il.

– Quelle drôle d'idée ! Nous avons ici 50 palefreniers qui la soignent très bien. Madame n'a donc pas confiance dans le personnel ?

– Bien sûr que si ! se reprit Colin. Mais elle aime tellement Framboise...

– Eh bien, va vérifier !

Dès l'entrée franchie, on pénétrait dans le manège, une piste couverte de sable où l'on faisait les exercices d'équitation. Des garçons y discutaient. Malheureusement, Théo et Guillaume ne figuraient pas parmi eux.

La cloche sonna. C'était l'heure, pour les pages, d'aller manger au réfectoire. Colin aborda un grand qu'il connaissait, un « Ancien[9] » du nom de Richemont.

9. Parmi les pages, il y avait les Nouveautés, les plus jeunes, nouvellement arrivés, les Semis et enfin les Anciens, les plus grands.

– Faites excuse, monsieur, demanda-t-il en ôtant son chapeau. Je suis à la recherche de M. de Villebois. J'ai un message à lui transmettre de la part de…

– Madame Élisabeth ? Je te reconnais, tu l'accompagnes toujours, ainsi que cette ravissante demoiselle blonde…

– Mlle Angélique de Mackau, termina Colin. Et elle n'est pas que ravissante, elle est aussi très gentille.

Puis il toussota, gêné de discuter avec tant de liberté de l'amie de sa maîtresse. Richemont lui sourit et lui montra du doigt un couloir.

– Villebois s'occupe de son cheval.

Un camarade lui tapa sur l'épaule.

– Venez, Richemont, où nous ne serons pas assis l'un à côté de l'autre.

L'Ancien salua Colin du menton et gagna le réfectoire, tandis que le valet prenait la direction du couloir.

Les écuries de Versailles figuraient parmi les plus somptueuses de France. Du plafond, haut et voûté, pendaient de grosses lanternes de cuivre. Le sol était pavé. Les stalles, les emplacements où on logeait les animaux, étaient faites de bois sculpté. À n'importe quelle heure de la journée, les palefreniers s'y activaient. Certains sortaient le fumier sur des brouettes, d'autres apportaient de la paille fraîche, du foin ou de l'eau. D'autres encore brossaient les chevaux. On se serait cru dans une fourmilière !

– Bon sang, pesta Colin, où est-il ?

Sur chaque porte était noté un nom.

– Zéphyr, Nuage, Rubis, Sultan... Et voilà Phébus. Mince... M. Théo est absent. Il doit être parti manger. Tant pis. Je repasserai ce soir.

Colin allait s'en aller lorsqu'une tache rouge attira son attention. Maurice de Fontaine ! Oui, il s'agissait bien du page de la reine. Le garçon lui tournait le dos… Colin gagna discrètement la stalle voisine, occupée par un beau cheval gris. De là, il pouvait observer sans être vu. Maurice n'était pas seul. Un palefrenier l'accompagnait. Il s'agissait d'un jeune homme brun aux cheveux attachés sur la nuque.

– Hé ! s'exclama Colin.

Le cheval venait de lui donner un coup de tête. Il était immense, et semblait très content d'avoir de la visite.

– Sage, lui chuchota Colin en lui caressant les naseaux.

Mais l'animal lui mordilla l'épaule, puis il s'empara de son chapeau. Colin tira dessus tant qu'il put jusqu'à ce qu'il le récupère.

– Regarde ce que tu as fait ! Tu l'as déchiré.

Dehors, le palefrenier protestait :

– Voulez-vous que je sois renvoyé ?

Colin dressa l'oreille. Maurice de Fontaine se mit à ricaner.

–Je ne te croyais pas si trouillard ! Voici 2 livres[10]. Fais ce que je te demande et je serai encore plus généreux. Phébus, tu t'en souviendras ? À présent, va-t'en.

Le domestique empocha l'argent avant de filer. Maurice fit demi-tour et partit de son côté. Par chance, il passa devant la cachette de Colin sans l'apercevoir.

–Qu'a-t-il en tête, ce bon à rien ? chuchota le valet. –

10. Monnaie de l'époque. Un palefrenier gagnait environ 40 livres par mois.

Dans son dos, le cheval hennit, puis il martela le sol de ses sabots. On aurait dit qu'il se moquait de lui !

– Il n'y a pas de quoi rire, répliqua Colin. En plus, tu as amoché mon chapeau. Vilain !

Et il décampa.

Chapitre 4

Élisabeth sortait de table lorsque Colin rentra.

– Colin ! s'écria Mme de Guémené. Où étais-tu passé ?

Élisabeth rentra la tête dans les épaules. Elle n'avait pas imaginé que la gouvernante se rendrait compte de l'absence du valet. Et voilà que Mme de Mackau renchérissait :

– Je t'ai déjà dit mille fois de ne pas quitter ton poste !

Colin rougit jusqu'aux oreilles. Il détestait mentir, et plus encore à Mme de Mackau, qui était si bonne pour lui. Il respira profondément et avoua :

– J'étais à la Grande Écurie… pour voir M. de Villebois…

Élisabeth et Angélique se lancèrent un regard affolé. Aïe ! Colin allait vendre la mèche !

– Oh… Tu voulais sans doute le féliciter pour ses résultats de ce matin ?

– C'est… c'est ça.

– Qu'est-il arrivé à ton chapeau ? s'écria-t-elle ensuite. Il est tout abîmé !

Colin avala péniblement sa salive et raconta :

– Je visitais les stalles à la recherche de M. de Villebois, quand un cheval gris me l'a volé. Je me suis défendu comme un beau diable pour le lui reprendre, mais ce vaurien l'a mâchouillé… En plus, il s'est moqué de moi !

L'explication était si inattendue que les deux femmes ne purent s'empêcher de pouffer derrière leurs mains.

– Je vous le jure ! insista Colin, vexé. Il hennissait comme s'il était en train de rire.

– Mon garçon, déclara Mme de Mackau en tentant de retrouver son sérieux, je ne veux plus que de telles absences se reproduisent.

– Bien, madame.

Puis, les deux femmes s'éloignèrent et se mirent à discuter entre elles. Élisabeth et Angélique en soupirèrent de soulagement !

Quelques minutes plus tard, Colin leur racontait à voix basse la conversation qu'il avait surprise.

– Maurice va s'en prendre à Théo, j'en étais sûre ! lança Élisabeth. Il n'a pas supporté d'avoir été puni, voilà trois semaines. Colin, il faut que tu retournes aux écuries pour le prévenir.

– Entendu, j'essaierai...

– C'est l'heure de notre promenade, annonça Mme de Mackau. Madame, Angélique, n'oubliez pas vos chapeaux. Il ne faudrait pas que vous attrapiez un coup de soleil.

– Sans compter, ajouta Mme de Guémené, que ces demoiselles doivent préserver la blancheur de leur teint. D'ailleurs, Madame, à ce propos, j'aurai plusieurs choses à modifier dans votre éducation...

Élisabeth jeta un regard inquiet à Mme de Mackau, qui écarquilla les yeux avec l'air de dire : « Ah çà ! Je vous jure que je ne suis pas au courant ! »

– Nous en discuterons à votre retour, reprit Mme de Guémené. Amusez-vous bien !

À peine étaient-ils rentrés de leur après-midi aux champs, que Mme de Guéméné convoquait le personnel : Colin ne put aller aux écuries.

– Fichtre ! bougonna le garçon. Cela ne peut pas attendre demain ?

Eh bien, non... Serviteurs et femmes de chambre furent réunis dans l'antichambre, où la nouvelle gouvernante leur parla pendant une heure. Elle promit d'être juste avec eux, mais déclara qu'elle serait intransigeante sur la qualité de leur travail, leur ponctualité et leur fidélité. Puis, ce fut au tour d'Élisabeth d'être appelée au salon en compagnie de Mme de Mackau. Mme de Guéméné se mit à rire, comme à son ordinaire, avant d'expliquer :

– Vous avez 11 ans, Madame, vous voilà déjà une jeune fille. Mon rôle est de faire de vous une princesse accomplie. Si ma tante voulait que votre tête soit bien pleine, je souhaite, quant à moi, qu'elle soit bien faite. Les hommes préfèrent les femmes jolies et amusantes. Votre éducation sera donc allégée. Plus de latin, plus de sciences, plus de lectures qui ne servent à rien...

– Comment ? protesta Mme de Mackau. Mais... à l'âge de Madame, on doit s'ouvrir l'esprit, apprendre à réfléchir...

– Tutute ! À la place, Madame fera davantage de danse, de musique et de dessin. Par ailleurs, elle recevra plusieurs fois par semaine des dames de la noblesse qui lui enseigneront l'art de la conversation de salon.

– Ce ne sont là que des futilités[11] ! s'indigna Mme de Mackau. Plus tard, Madame sera reine. Elle devra aider son époux à gouverner…

Élisabeth était prête à lui donner raison. Enfin, pour ce qui concernait les conversations de salon… Car devenir reine, elle n'en avait aucune envie ! Partir de Versailles, comme Clotilde, se marier avec un inconnu… Il n'en était pas question !

– Cessez de me contredire ! s'écria Mme de Guémené. Je l'ai décidé, et ce sera ainsi. Bref ! Parlons à présent de la santé de Madame…

– Pourquoi ? demanda Élisabeth en ouvrant de grands yeux. Je vais très bien !

– Pour le moment. Ne le prenez pas mal, mais votre grand-mère, la reine Marie, souffrait d'embonpoint, de même que votre père.

---

11. Choses sans importance, sans intérêt.

– Et alors ?

– Alors? Votre sœur Clotilde est trop ronde. Votre frère Louis-Stanislas ne fait aucun exercice et suit le même chemin qu'elle. Quant à Sa Majesté le roi, qui était si svelte voilà encore un an, il commence à s'arrondir aussi… Si vous n'y prenez pas garde, vous finirez comme eux.

Élisabeth rougit. Elle manquait d'air, tant elle était vexée. Elle allait répondre avec insolence, lorsque Mme de Mackau la devança.

– Madame est très active. Elle fait beaucoup de marche et d'équitation.

– Certes. Mais il nous faut prendre des mesures dès à présent, afin qu'elle reste mince. Plus de pâté en croûte, de plats en sauce, plus de desserts à la crème, et des fruits au goûter.

– Mais... mais..., bafouilla Élisabeth, vous me mettez au régime !

– Est-ce bien le moment ? s'inquiéta Mme de Mackau. Madame a beaucoup de peine, à cause du départ de sa sœur...

– Justement, rétorqua la gouvernante. Il ne faudrait pas qu'elle noie son chagrin dans la nourriture. Allons, ne vous inquiétez pas, elle ne mourra pas de faim. Bien... Je vous laisse. Je reviendrai pour le repas du soir. Sachez que, à partir de demain, je resterai avec vous depuis le lever de Madame jusqu'à son coucher.

Après quoi, elle sortit.

– Je me plaindrai à mon frère le roi ! lança Élisabeth à Mme de Mackau. Et pas que pour la nourriture. Depuis que vous êtes avec moi, j'aime apprendre, en particulier les sciences...

– N'en faites rien. Mme de Guémené vous l'a dit, c'est elle qui décide de tout. Elle veut tout organiser à sa façon, car elle est nouvelle. Mais... peut-être changera-t-elle d'idées ? Laissons faire le temps.

Elle serra Élisabeth contre elle et ajouta :

– Allons retrouver Angélique.

Ce soir-là, Colin eut beau déployer des trésors de ruse, il ne parvint pas à sortir.

– Il faut tout raconter à maman, déclara Angélique. Elle autorisera peut-être Colin à porter un message à Théo.

– Mais non, répliqua Élisabeth. Sais-tu ce que ta mère nous répondra ?

– Non...

– Elle dira : « Si le cheval de M. de Villebois est souffrant, il n'a qu'à en réclamer un autre... »

Angélique ouvrit la bouche, sembla réfléchir, puis elle sourit.

– Ah mais... Maman aurait raison ! Nous nous faisons du souci pour rien.

Voyant qu'Élisabeth et Colin la regardaient d'un air perplexe, Angélique expliqua :

– Théo changera de monture. Maurice ne pourra pas l'empêcher de concourir.

– Oui, mais Phébus ? Nous n'allons pas laisser Maurice faire du mal à cette pauvre bête !

– Flûte ! C'est vrai.

– Ne craignez rien, intervint Colin. Nous tâcherons de parler à M. Théo demain matin, avant que l'épreuve commence...

Chapitre 5

Le lendemain.

Comme la veille, les pages étaient réunis dans la cour de la Grande Écurie. Ceux qui avaient été éliminés s'étaient assis sur les gradins, tandis que les concurrents restants attendaient que les écuyers leur donnent des instructions.

Les valets installaient une ligne de quatre nouveaux mannequins de bois aux bras le long du corps. Sur chacun était posée une tête différente, affreusement grimaçante. La dernière, en particulier, était horrible. Elle représentait un visage de femme terrifiant, encadré de cheveux faits de serpents.

– Qu'est-ce donc ? s'étonna Angélique.

– Un ancien jeu, expliqua Mme de Mackau, plutôt cruel, qu'on appelle « la course à la tête ». C'est un jeu de guerre. Les candidats doivent décapiter les mannequins avec un sabre[12]. C'est très difficile.

– M. de Villebois est là ! s'écria Colin.

Le page arrivait en compagnie de son ami Guillaume. Dès qu'ils aperçurent les visiteuses, ils vinrent les saluer.

– J'aimerais beaucoup admirer vos chevaux, leur demanda Élisabeth.

– Je serais heureux de vous conduire aux stalles, accepta Théo, si Mme de Mackau nous y autorise.

La sous-gouvernante acquiesça et les jeunes gens gagnèrent la Grande Écurie, où Élisabeth raconta ce que son valet avait entendu.

---

12. Sorte d'épée à lame plate, plus ou moins recourbée, qui ne tranche que d'un côté.

– C'est vrai, Colin ? s'étonna Théo.

– Je le jure !

– Phébus va très bien. Cet homme n'a peut-être pas eu le courage d'obéir à Maurice.

Phébus, un beau cheval marron au poil brillant, était déjà sellé.

– Voyez, poursuivit Théo, il est en pleine forme.

Élisabeth caressa ses naseaux. Ils étaient doux comme de la soie. Ses yeux bruns la regardaient, emplis d'intelligence.

– Il n'a rien d'une bête malade.

– Bien sûr que non !

Un coup de sifflet les fit sursauter. L'épreuve allait commencer.

– En piste ! déclara joyeusement Théo.

Il passa ses bras autour du cou du cheval et frotta son visage contre lui.

– Je suis si heureux lorsqu'on m'autorise à monter Phébus. Il répond au plus petit coup

de talon et exécute tout ce que je lui demande. Nous formons une sacrée équipe, lui et moi.

– Eh bien, se mit à rire Élisabeth, bonne chance !

La princesse, Angélique et Colin retournèrent s'asseoir auprès de Mme de Mackau. Dans la cour, M. de Pontfavier, l'un des deux écuyers, s'écria :

– Messieurs ! Vous entrerez un par un, sabre au clair[13]. Je veux que vous fassiez un tour de piste au trot, puis que vous chargiez les mannequins au galop. Vous vous pencherez pour les décapiter, sans quitter le galop ni vous arrêter. La dernière tête, celle de la Méduse[14], vaut deux points, car elle est fixée plus solidement. Après le passage de chaque candidat, les valets remettront les têtes à leur place.

Si certains garçons avaient l'air inquiets, Théo et Guillaume semblaient très sûrs d'eux. Cela n'empêcha pas Élisabeth de croiser les doigts.

---

13. Expression militaire. Se dit lorsque le soldat tient son sabre à la main pour combattre.

14. Personnage de la mythologie grecque. Méduse avait une tête aux cheveux de serpents. Celui qui la regardait dans les yeux était transformé en pierre.

– Hé..., les avertit Colin. Voilà Maurice de Fontaine !

Depuis l'affaire du courrier du roi[15], le page de la reine était seul et ne parlait plus à personne. Ce qui ne l'empêchait pas de toiser son entourage d'un regard supérieur.

– Quel prétentieux ! ricana Élisabeth.

– Tu as raison, renchérit Angélique. Et quel fourbe !

Mme de Mackau en fut si étonnée qu'elle les disputa :

– Il ne faut pas être rancunières, ce n'est pas charitable. Ce gentilhomme a commis des erreurs dans le passé, mais il a été puni. Vous devez lui laisser une chance de se racheter...

– Ah çà ! la coupa Élisabeth, il peut toujours courir pour que je lui pardonne. D'ailleurs, depuis que je sais...

Elle se mordit les lèvres. Flûte ! Elle avait failli tout raconter !

---

15. Voir le tome 10, *Le Courrier du roi.*

– Que savez-vous ? demanda la sous-gouvernante en l'observant d'un regard perçant.

– Rien, madame. Je n'aime pas ce monsieur. Je n'ai aucune envie d'être charitable avec lui, même si ce n'est pas beau d'être rancunière.

Puis, pour détourner l'attention, elle s'écria :

– Le premier candidat commence !

Il s'agissait d'un page très jeune, minuscule, comme perdu sur le dos de sa monture. Il attaqua le tour de piste au trot, son sabre à la main, puis, des talons, il lança son cheval au galop. Hélas, il ne se pencha pas assez lorsqu'il passa près du premier mannequin et ne parvint pas à en faire sauter la tête. Au second, il se pencha trop et tomba, ce qui déclencha des rires parmi les spectateurs.

– Au suivant ! cria M. de Beaupré.

Peu après, ce fut au tour de leur ami Guillaume. Très à l'aise, il fit chuter trois têtes, ce qui lui valut des tonnerres d'applaudissements. Maurice de Fontaine, quant à lui, décapita deux bonshommes de bois sur quatre, dont la Méduse. Les points de cette dernière comptant double, il se retrouva à égalité avec Guillaume. Pour le moment, seuls deux candidats, des Anciens, avaient obtenu cinq points.

– Voilà Théo ! s'écria Élisabeth en agrippant la main d'Angélique. Pourvu qu'il réussisse !

Théo attaqua son tour de piste. Au début, tout se passa bien...

– Quel beau cavalier ! s'enthousiasma Mme de Mackau.

– Oui, approuva Élisabeth, il ne fait qu'un avec Phébus. Mais… qu'arrive-t-il ?

Elle serra plus fort la main de son amie. Le trot de Phébus était étrange… Théo s'en rendit compte, mais il ne pouvait plus s'arrêter. Le tour fini, il lança son cheval au galop et, sabre au clair, se pencha pour décapiter le premier mannequin. Il y arriva sans peine. Dans les gradins, ses camarades l'acclamèrent.

– Il se passe quelque chose, s'inquiéta malgré tout Élisabeth. Son galop n'est pas…

Elle poussa un cri ! Phébus venait de faire un écart, Théo manqua la deuxième tête. Il tira sur les rênes et tenta, des talons, de faire reprendre le bon rythme à sa monture... Après trois secondes interminables, Phébus repartit au galop, un galop étrange. Le page réussit à abattre la troisième tête, puis la fameuse Méduse. Hélas, Phébus, de nouveau, s'agita. Élisabeth se leva d'un bond.

– Il y a vraiment un problème…

Phébus se cabra ! Par miracle, Théo parvint à se maintenir en selle et à quitter la cour sous les yeux des écuyers, qui murmuraient entre eux.

– Va-t-il être disqualifié[16] ? s'alarma Angélique.

– C'est bien possible, puisque son cheval n'a pas gardé le bon rythme.

– Ça, dit Colin, c'est un coup de Fontaine.

Mme de Mackau les regarda tour à tour, n'y comprenant rien.

– Allons retrouver Théo ! s'écria Élisabeth. Enfin… en avons-nous l'autorisation ? demanda-t-elle à la sous-gouvernante.

– Eh bien… faites. Mais j'aimerais savoir ce qu'il se passe. Vous me cachez des choses !

– Point du tout, mentit Colin en rougissant.

Et ils se dirigèrent vers la porte cochère de la Grande Écurie.

---

16. Exclure quelqu'un d'une compétition en raison d'une infraction au règlement.

Chapitre 6

– Je n'y comprends rien ! lança Théo d'un air abasourdi. Phébus est pourtant en pleine forme…

Élisabeth entra dans la stalle pour caresser l'encolure du cheval, puis elle observa ses jambes[17].

– Avez-vous regardé ses pieds ?

– Non. Mais il ne boite pas.

– Au trot, on sent qu'il a une gêne. Et il s'agite au galop. Je parierais sur la jambe arrière gauche. Colin ! Regarde, s'il te plaît.

---

17. Le cheval, considéré comme le plus noble des animaux, n'a pas des « pattes », mais des jambes, des pieds et des avant-bras, comme les hommes !

Tandis que Théo tenait Phébus, le valet se pencha et souleva le pied du cheval. Le sabot était intact, mais le fer avait perdu un clou. À cet endroit était coincé un petit caillou pointu.

– Si seulement j'avais vérifié avant de me lancer, pesta Théo.

– Monsieur de Villebois !

Théo se retourna pour faire face à M. de Beaupré. L'écuyer avait l'air ennuyé. Il salua Élisabeth et annonça au page :

– Vous connaissez le règlement... Je suis désolé, vous êtes disqualifié.

– Mais, s'interposa Élisabeth, M. de Villebois a abattu trois têtes. C'est l'un des meilleurs candidats de la matinée !

– Peut-être, Madame, mais il n'est pas resté au galop.

– Ce n'est pas sa faute. D'ailleurs, regardez le sabot de Phébus.

L'écuyer se pencha sur le fer de l'animal. Il sortit un canif de sa poche et dégagea le caillou.

– Il a dû avoir mal, en particulier au galop, lorsque le sabot frappe plus fort sur le sol… Cependant, le règlement…

– Cessez avec votre règlement ! s'énerva Élisabeth. N'est-ce point aux palefreniers de vérifier si les chevaux sont en état d'être montés ?

L'homme blêmit. Voilà que la sœur du roi lui cherchait des noises ! Il la connaissait bien, pour lui avoir donné de nombreuses leçons d'équitation. Elle était très gentille, mais il lui arrivait de piquer de violentes colères. Il avala péniblement sa salive et reconnut :

– Effectivement, Madame. Le personnel aurait dû s'en rendre compte.

Élisabeth, comprenant qu'elle pouvait sauver son ami, insista :

– Si M. de Villebois est disqualifié, ce sera la faute des palefreniers qui n'ont pas fait leur travail. J'en aviserai mon frère, qui convoquera votre supérieur…

Elle n'en pensait pas un mot, et n'aurait jamais osé le faire. Elle le savait, mais par chance, l'écuyer l'ignorait. Il fit profil bas et s'excusa :

– N'en faites rien ! Inutile d'ennuyer Sa Majesté... M. de Villebois poursuivra la compétition.

Il plongea dans une révérence et s'en alla à reculons, son chapeau à la main.

– Qu'arrive-t-il ? s'inquiéta Guillaume, qui arrivait.

Son ami le mit au courant.

– Serait-ce une manigance de Maurice ?

Élisabeth approuva aussitôt :

– Sûrement !

– Peu importe, déclara Théo d'un ton sans appel. Il ne me fait pas peur. Je suis aussi bon que lui en équitation. Même nos chevaux sont de force égale. Je le battrai à la loyale.

Le reste de la journée sembla bien triste à Élisabeth. L'après-midi se traîna en longueur. Elle qui, voilà encore un an, détestait apprendre, s'ennuyait à présent fermement !

– Et si nous faisions un peu de calcul ? supplia-t-elle avec une mine de martyre.

Cela fit rire Mme de Mackau, qui soupira ensuite :

– Vous savez bien que Mme de Guémené l'a interdit. Elle a dit qu'elle s'occuperait de vous du matin au soir…

– Eh bien, pour le moment, elle n'est pas là.

– Certes, mais elle peut arriver n'importe quand. Voulez-vous jouer de la harpe ? Angélique vous accompagnera au clavecin.

– Oui ! s'écria Angélique. Ou alors nous pourrions dessiner…

Colin ouvrait la porte. Elle se tut. Un serviteur entra, s'inclina et tendit un mot à la princesse.

– De la part de Sa Majesté la reine.

Élisabeth le lut aussitôt.

– Oh ! Sa Majesté me propose de goûter avec elle ! Vous lui répondrez que j'accepte avec plaisir, dit-elle au valet.

Puis elle se tourna vers Mme de Mackau et Angélique.

– Elle ne parle pas de vous dans son invitation. Cela ne vous ennuie pas ?

– Point du tout, la rassura la sous-gouvernante. En vous attendant, Angélique étudiera un peu et j'en profiterai pour revoir notre emploi du temps.

Élisabeth arrangea sa tenue et se précipita chez sa belle-sœur. La jeune et jolie Marie-Antoinette la reçut, vêtue d'une superbe robe de satin rose et crème. Après l'avoir embrassée, elle la tira par la main vers une petite table où étaient posés une carafe d'orangeade et un plat de biscuits.

– J'ai donné congé à mes dames d'honneur, nous voilà libres ! Nous allons jouer à la dînette, dit-elle aimablement.

Elles s'assirent. Tout en servant l'orangeade, la reine demanda :

– Allez-vous mieux, Babet ? J'imagine combien votre sœur Clotilde doit vous manquer. Moi-même, lorsque j'ai quitté ma famille pour épouser votre frère, j'étais fort triste.

Sans le savoir, la jeune reine venait de raviver la douleur d'Élisabeth, qui poussa un gros soupir avant d'avouer :

– Je dors très mal. Mme de Guéméné...

Elle s'arrêta. Pouvait-elle parler sans crainte de la nouvelle gouvernante ? Comme Marie-Antoinette avait toujours été gentille envers elle, elle osa :

– Mme de Guémené m'a ôté la moitié de mes leçons. Elle veut que je fasse davantage de danse, de musique et de dessin. Et puis, elle compte inviter des dames, afin que j'apprenne à converser...

Marie-Antoinette se mit à rire.

– Elle a raison. J'apprécie beaucoup cette femme. Elle est gaie et pleine de bon sens. Pas comme sa tante, cette affreuse Mme de Marsan ! Vous n'avez guère besoin de tout ce savoir. N'est-ce pas agréable d'avoir du temps à soi pour faire ce que l'on aime ? Vous pourrez vous promener, monter à cheval, ou encore jouer de la harpe...

– Mais, depuis que Mme de Mackau s'occupe de moi, j'aime apprendre... Elle sait rendre les leçons si vivantes et si intéressantes.

– Pfff... Votre frère, le roi, ne cesse de s'instruire. Il est devenu un véritable éteignoir[18], à force d'avoir le nez plongé dans ses livres. Ne l'imitez pas.

18. Petit cône que l'on place sur la flamme d'une bougie pour l'éteindre. Surnom peu flatteur que l'on donne aux personnes tristes, aux rabat-joie.

– Mme de Guéméné veut me mettre au régime…

Au lieu d'en être choquée, Marie-Antoinette approuva :

– Quelle excellente idée ! Nous mangeons trop, à la Cour. Regardez votre sœur, Clotilde… Elle engloutit des tas de nourriture, tout comme Louis-Stanislas et Louis-Auguste. Ce n'est bon ni pour la santé ni pour la silhouette. Moi, je mange fort peu. Beaucoup de viande maigre, de légumes, de fruits, et peu de sucreries. Ainsi, je garde la taille fine !

Effectivement, la jeune reine buvait de l'orangeade, mais ne touchait pas aux gâteaux. Élisabeth se mordit les lèvres, un peu gênée, et reposa aussitôt celui qu'elle était en train de grignoter.

C'était raté. Jamais Marie-Antoinette ne la soutiendrait contre la nouvelle gouvernante. D'ailleurs, la reine poursuivit :

– Mme de Guéménė m'a invitée à passer la soirée chez elle. Il paraît que l'on s'amuse beaucoup dans son salon[19]. Mais parlons d'autres choses. Je souhaitais vous voir à propos de la journée de samedi. Voulez-vous m'aider à remettre les prix aux vainqueurs de nos jeux équestres ?

Élisabeth retrouva le sourire.

– Avec plaisir !

Le reste de l'heure, elles discutèrent agréablement de chevaux, que la reine adorait, tout comme la princesse.

– Votre frère Charles-Philippe a acheté en Angleterre des pur-sang superbes. Il compte les faire courir contre ceux de votre cousin, le duc de Chartres. Il va même créer une piste exprès pour cela. Charles-Philippe a promis de m'y emmener ! Aimeriez-vous venir avec nous ?

---

19. À l'époque, certaines dames « tenaient salon », c'est-à-dire qu'elles recevaient chez elles de nombreuses personnes pour discuter, jouer aux cartes, ou faire de la musique. Certains de ces salons étaient plutôt littéraires ou scientifiques, d'autres plus portés à l'amusement. C'était le cas de celui de Mme de Guéméné.

– Oh, oui ! se réjouit Élisabeth.

– Oh, ma Babet ! Je suis si heureuse lorsque je vous vois sourire !

Chapitre 7

Le lendemain.

– Aujourd'hui, annonça M. de Beaupré, a lieu la course à la bague.

Des cris joyeux l'acclamèrent. Les mannequins de bois avaient été remplacés par une haute potence[20]. Un gros anneau, que l'on appelait « bague », y était pendu. C'était l'un des jeux favoris des pages, qui y participaient souvent.

– Comme vous le savez, poursuivit l'écuyer, l'épreuve consiste à se lancer au galop et à attraper la bague du bout de la lance.

---

20. Assemblage de pièces servant à soutenir quelque chose. Par extension, c'est le nom que l'on a donné à l'installation permettant d'exécuter les personnes condamnées à la pendaison.

Élisabeth se pencha vers Angélique.

– Théo et Guillaume sont habiles. Je suis sûre qu'ils réussiront.

M. de Beaupré continuait :

– Il y aura cinq passages, avec des bagues de plus en plus petites...

– Oh, non ! souffla Angélique. Alors, cela deviendra de plus en plus difficile.

– La plus grosse bague vaudra un point, expliqua l'écuyer, et la plus petite, cinq. Après chaque candidat, les valets remettront en place celles qui ont été remportées. À la fin de cette épreuve, M. de Pontfavier et moi comptabiliserons les points. Nous garderons les dix meilleurs d'entre vous, qui participeront à la finale de demain. À présent, messieurs, en selle !

Théo et Guillaume figuraient parmi les premiers candidats. Si Guillaume semblait serein, Théo faisait grise mine. Un peu étonnée, la princesse se tourna vers Colin pour lui demander à voix basse :

– Comment va Phébus ?

Colin était venu ce matin de bonne heure, afin de prendre des nouvelles du cheval.

– Il n'est pas très en forme. Pourtant, on lui a mis des fers neufs, et il a bien mangé.

Élisabeth acquiesça, l'air grave.

– En une heure, poursuivit Colin, j'ai vu deux palefreniers lui apporter de l'herbe fraîche et du grain…

Mais Élisabeth le fit taire d'un geste, car l'épreuve commençait.

La lance que les garçons utilisaient aujourd'hui était une espèce de long bâton fin, pointu et léger. Tous les candidats décrochèrent le premier anneau. Aux passages suivants, les valets accrochèrent des « bagues » de plus en plus petites. Théo et Guillaume, malgré tous leurs efforts, ne purent s'emparer de la dernière. Seul un Ancien, un excellent page de 16 ans, y réussit. Dans les gradins, ses camarades étaient debout pour l'acclamer. Ils sifflaient et tapaient des pieds !

– Quelle ambiance ! s'exclama Mme de Mackau. Ce jeune homme est vraiment très doué. Voilà un spectacle dont je me souviendrai longtemps !

Mais les deux écuyers venaient de terminer leurs comptes. Élisabeth ferma les yeux et saisit la main d'Angélique. Oui ! Théo et Guillaume étaient cinquièmes ex aequo ! Maurice de Fontaine se classait dixième… Bien que finaliste, il était si vexé d'arriver dernier que, de dépit, il jeta sa lance au sol !

Comme ses deux amis ramenaient leurs montures aux stalles, Élisabeth demanda à s'y rendre pour les féliciter.

– Ne traînez pas trop, recommanda Mme de Mackau. N'oubliez pas que nous mangeons à midi, et que Mme de Guémené sera présente.

Élisabeth, Angélique et Colin promirent et partirent en courant, ce qui fit faire les gros yeux à la sous-gouvernante. Si Mme de Marsan avait été là, elle aurait sans nul doute crié : « Madame ! Une Fille de France ne court jamais. Elle doit rester digne en toutes circonstances ! » Puis Mme de Mackau sourit, tant leur joie était communicative.

Ils retrouvèrent Théo peu après. Le page était seul.

– Bravo ! le complimenta Élisabeth, alors qu'un palefrenier ôtait la selle de Phébus.

– Oui, bravo ! renchérit Angélique. Quelle épreuve ! Nous avons tremblé jusqu'au dernier instant.

Comme Biscuit, curieux, s'approchait trop près de Phébus, au risque de recevoir un coup de sabot, Colin le prit dans ses bras.

– C'est vrai, le félicita à son tour le valet. À coup sûr, M. Guillaume ou vous gagnerez la course de demain.

Son enthousiasme fit rire Théo.

– Nous sommes dix, déclara-t-il modestement, chacun aura sa chance.

– Mais, vous êtes les meilleurs ! insista Colin. Aïe !

Quelqu'un venait de le bousculer. Sous le coup, il lâcha Biscuit qui tomba. Maurice de

Fontaine ! Le page de la reine tirait son cheval par la bride. Il ne s'excusa pas. Pire, il vociféra, furieux :

– Ne peux-tu faire attention, bon à rien ! Ne vois-tu pas que tu me barres le chemin ?

Colin n'osa pas répliquer. Maurice appartenait à une famille noble, riche et puissante. Lui n'était qu'un serviteur.

Biscuit, voyant qu'on s'en prenait à son ami, se mit à aboyer.

– Retiens ce chien, ordonna Fontaine, où je lui donne un coup de pied !

– Oh ! s'écria Élisabeth. Je ne vous conseille pas d'essayer !

Colin se dépêcha d'attraper Biscuit, dont il ferma le museau de la main. Puis, voyant que Maurice ne partait pas, Théo s'avança d'un pas.

– Fontaine, vous rendez-vous compte à quel point vous êtes impoli ?

Le page de la reine se mit à rire, d'un rire méprisant.

– C'est vrai, reconnut-il. J'ai oublié de saluer Madame et mademoiselle.

Il plongea dans une profonde révérence, et balaya le sol de son chapeau à trois ou quatre reprises, comme l'aurait fait un mauvais comédien lors d'une pièce de théâtre.

– Est-ce suffisant ? s'inquiéta-t-il faussement. À présent, puis-je passer ?

Colin et Théo s'écartèrent. Mais Maurice, au lieu de s'en aller, toisa le page.

– N'ayez aucun espoir, c'est moi qui gagnerai. Demain, j'aurai un cheval exceptionnel, un pur-sang anglais que mon père vient de m'offrir. Je vous battrai à plate couture !

– Mais..., s'indigna Élisabeth, c'est interdit !

– Et pourquoi donc ? Je me suis renseigné, je peux changer de monture. Cette fois-ci, Villebois, vous mordrez la poussière !

Et il les quitta en ricanant. Dans la stalle, Phébus martela le sol de ses sabots. Théo le caressa et soupira :

– Je ne pensais pas que Fontaine me détestait à ce point.

– Il veut sa revanche à tout prix, pesta Élisabeth.

– Il a un pur-sang anglais ? renchérit Colin. Et après ?

À vrai dire, il ignorait ce que c'était. Mais il était sûr que le roi de France possédait les plus beaux chevaux du monde, et que celui de Maurice de Fontaine ne pourrait jamais surpasser Phébus.

Théo haussa les épaules.

– Je me moque de Fontaine !

Puis il marmonna :

– Phébus ne semble pas aller bien. Je ne sais pas ce qu'il a...

Élisabeth passa sa main sur le flanc de l'animal.

– Son ventre paraît gonflé.

– Vous avez raison, constata Théo. J'en parlerai au palefrenier.

Élisabeth fit une dernière caresse à Phébus et s'excusa :

– Nous devons vous quitter. Nous avons promis à Mme de Mackau de ne pas traîner. En ce moment, Mme de Guémené veut tout voir et tout diriger. Je crains qu'elle ne nous attende au château…

Chapitre 8

– Il est l'heure de passer à table ! lança gaiement Mme de Guémené. Venez, Madame. Je vous ai fait préparer un blanc de poulet aux petits légumes, accompagné d'un fruit pour le dessert.

– Quoi ? grimaça Élisabeth.

Elle mourait de faim ! Mais Mme de Mackau lui intima le silence d'un geste. Par respect pour elle, Élisabeth se tut. À peine le repas terminé, la gouvernante se frotta les mains, satisfaite.

– J'ai prévu, pour cet après-midi, deux heures de danse et un cours de chant. Ensuite, vous irez vous promener.

– Bien, madame, bougonna Élisabeth. Cependant, il faut que je vous dise…

– Oui ?

Angélique et sa mère se regardèrent, craignant qu'Élisabeth ne se rebelle. Voilà encore quelques mois, elle collectionnait les punitions, tant elle était insolente avec Mme de Marsan. Mais point du tout. Elle avoua d'une voix calme :

– Je chante faux. Et pas qu'un peu.

Mme de Guémené éclata de rire !

– Chère petite Madame, c'est pour cette raison qu'il vous faut des cours. Vous verrez, bientôt, vous gazouillerez comme un rossignol.

Élisabeth en doutait. Elle soupira et se prépara à un long et douloureux après-midi…

Douloureux, l'après-midi le fut, pour tout le monde. Le professeur de chant n'en crut pas ses oreilles ! Bien que désespéré par le cas de la jeune fille, il déclara qu'il reviendrait le lendemain.

Et que dire du repas du soir ? L'estomac d'Élisabeth gargouillait, tant il criait famine. Mme de Guémené lui fit servir, sous le regard choqué de Mme de Mackau, un simple potage suivi d'une compote. La gouvernante semblait ravie de son menu ! Elle ne cessait de se complimenter :

– Plus tard, grâce à moi, toutes les dames de la Cour envieront votre silhouette !

Par chance, dès que la table fut desservie, Angélique glissa en douce deux petites madeleines à Élisabeth.

– De ma part et de celle de maman, souffla-t-elle.

Colin fit de même.

– Prenez, Madame, murmura-t-il en lui offrant une belle pomme rouge.

Élisabeth en eut les larmes aux yeux !

– Ah, mais ! s'étonna Colin en regardant à l'extérieur. On dirait…

Les deux filles se retournèrent. Collé à la grille de la terrasse, Théo essayait d'attirer leur attention. Les trois jeunes gens sortirent.

– Que se passe-t-il ? Guillaume n'est pas avec vous ?

– Non, il avait des devoirs à terminer. Phébus est malade ! leur apprit-il avec des sanglots dans la voix. Et le vétérinaire ne passera que demain. Mon pauvre Phébus ! Il a les jambes de devant toutes raides !

Une larme roula sur sa joue, qu'il effaça du revers de la main. Angélique s'agrippa aux barreaux, sourcils froncés.

– C'est arrivé au cheval de mon père... J'étais toute petite. Il appelait cela la... fourbure.

– Et c'est grave ? s'inquiéta Élisabeth.

– Oh ! là là ! gémit Colin en secouant sa main. Oui, c'est grave. J'ai déjà vu des bêtes qui l'avaient, à la campagne. Tout l'hiver, les chevaux sont nourris avec du foin. Lorsqu'on les lâche dans les champs, au printemps, il faut les surveiller, car ils adorent l'herbe bien grasse et bien verte. Ils s'en empiffrent. C'est ce qui provoque la raideur.

Théo souffla de soulagement.

– Phébus ne mange que du foin, il ne peut pas avoir la fourbure.

– Point du tout ! s'écria Colin. Pas plus tard que ce matin, j'ai aperçu deux palefreniers qui lui apportaient de l'herbe et du grain. Je pensais que c'était sa nourriture habituelle...

Le page se sentit blêmir. Il commençait à comprendre.

– Pourtant, s'étonna Élisabeth, le personnel doit bien savoir que ce n'est pas bon d'en donner trop.

– À moins qu'ils n'aient été payés par Maurice de Fontaine, réfléchit Angélique, pour que Phébus ne participe pas à la course.

Théo se prit la tête entre les mains.

– Pourquoi tant de méchanceté ? Maurice va monter un cheval bien meilleur que le mien. Il n'avait pas besoin de... de...

Il s'étrangla et ne finit pas sa phrase, tant il était bouleversé.

– Retournez vite auprès de Phébus, lui glissa Élisabeth. Courage ! Et espérons que le vétérinaire passera demain à la première heure.

Mais Élisabeth était si émue que, à peine Théo parti, elle déclara :

– Je vais me rendre à la Grande Écurie, et j'exigerai que le vétérinaire s'occupe de Phébus tout de suite. Colin ! Tu m'accompagneras.

– Bien, Madame. Vous avez raison.

– Mme de Guémené n'acceptera jamais ! protesta Angélique. C'est bientôt l'heure de se coucher.

Cela fit rire Élisabeth.

– Je ne lui demanderai pas. Je suis déjà sortie sans permission. Bien sûr, ce n'est pas facile, mais avec l'aide de Colin...

– Tu es folle ! Et toi, Colin, n'as-tu pas honte d'encourager Madame ?

– Ben... non. D'abord, je ne fais que lui obéir. Et puis, M. Théo a l'air si malheureux.

– Quant à Mme de Guémené, expliqua Élisabeth, elle ne tardera pas à regagner ses appartements. Ce soir, elle a invité Marie-Antoinette.

Chapitre 9

Dès que la gouvernante eut refermé la porte de sa chambre, Élisabeth se releva pour filer jusqu'à sa commode, où elle avait caché une robe légère qui se boutonnait devant. Elle l'enfila dans le noir, et plaça au milieu de son lit son oreiller, recouvert du drap. Si Marie, la femme de chambre, venait à pointer son nez, elle n'y verrait que du feu.

– Enfin, chuchota Élisabeth, espérons-le. Biscuit ! Sage, mon chien ! Va coucher !

Ensuite, elle ouvrit la porte-fenêtre donnant sur la terrasse.

– Pourvu que Marie n'entende rien…

Colin l'attendait de l'autre côté de la grille. Elle grimpa sur un oranger en pot et franchit la barrière.

– Vite, la pressa-t-il en l'aidant à redescendre.

Puis ils coururent à perdre haleine jusqu'aux Écuries. Ah çà ! Le garde fut bien étonné ! Élisabeth passa devant lui à grands pas, l'air mécontent. L'homme en fut si surpris qu'il n'essaya pas même de l'arrêter !

– Comment va Phébus ? demanda-t-elle quelques instants plus tard à Théo.

Le cheval était couché dans la paille, les jambes raides. Théo avait posé sa tête sur ses genoux.

– Madame ? Qu'avez-vous fait ! Si on vous aperçoit ici, vous serez punie !

Élisabeth haussa les épaules.

– Tant pis, j'en prends le risque. Je vais ordonner au vétérinaire qu'il s'occupe tout de suite de votre cheval.

Le page caressa les naseaux de Phébus.

– C'est très gentil, mais vous avez fait tout cela pour rien. Il loge en ville, je ne sais où, et ne reviendra pas avant demain.

Sa voix s'étrangla.

– Phébus va de plus en plus mal… S'il lui arrive malheur, lança-t-il avec rage, Maurice de Fontaine devra me rendre des comptes ! Colin, saurais-tu reconnaître le palefrenier avec qui il discutait ?

– Évidemment. Attendez, il y en a un qui passe, je vais me renseigner.

Le valet sortit de la stalle, et arrêta un homme poussant une brouette.

– Ça alors ! s'écria Colin. Je vous ai vu ce matin ! Vous apportiez de l'herbe et du grain à Phébus !

Le palefrenier le regarda avec étonnement, avant d'acquiescer :

– Oui, bien sûr. Un de mes collègues me l'a demandé. Il était trop occupé et ne pouvait pas le faire lui-même.

– Avait-il des cheveux longs attachés sur la nuque ?

– Oui. Gaspard, qu'il s'appelle.

– Où est-il ? Faut qu'on lui parle.

– Ah ben, c'est impossible. Il a démissionné cet après-midi. Paraît qu'il a trouvé un travail mieux payé chez le père d'un page de la reine...

Depuis l'intérieur de la stalle, Théo jeta d'un ton dégoûté :

– Laisse, Colin ! On ne le reverra jamais.

Le palefrenier aperçut alors le cheval.

– Qu'a-t-il ? On dirait... la fourbure.

Puis il reconnut Élisabeth.

– Madame ?

Il ôta précipitamment son chapeau et eut comme un hoquet terrorisé.

– Ce n'est pas ma faute, je vous le jure ! Je lui ai juste donné un seau d'herbe et du grain.

Gaspard m'a dit que M. de Beaupré l'avait ordonné.

– Malheureusement, fulmina Colin, vous n'avez pas été le seul à le faire. Ce Gaspard a dû le demander à d'autres, et Phébus a mangé trop d'herbe et de grain. En plus, le vétérinaire ne sera pas là avant demain.

L'homme s'agenouilla près du cheval pour tâter ses jambes.

– Ses pieds sont chauds et gonflés. Il faudrait de la glace, ça le soulagerait.

– Existe-t-il des médicaments pour le soigner ? s'enquit Élisabeth.

– Hélas, Madame, je n'en connais pas. Dans les campagnes, on utilise des cataplasmes[21]...

– ... d'argile ! termina Colin. J'ai déjà vu mon oncle le faire, avec son âne. Et il lui donne également de l'artichaut... Pour purifier son foie, je crois.

Si la situation n'avait pas été aussi grave, Élisabeth se serait mise à rire ! De l'argile et de l'artichaut ? C'était ridicule ! Puis, elle réfléchit : « Et pourquoi pas ? »

– Où allons-nous en trouver ?

– Chez l'apothicaire[22], répondit le palefrenier. Il y en a un à deux rues d'ici.

– J'y vais, proposa Colin.

---

21. Préparation médicamenteuse, sorte de bouillie épaisse que l'on étale sur la partie du corps à soigner.

22. Ancêtre de notre pharmacien. Il préparait et vendait les médicaments, mais aussi des plantes médicinales.

– S'il est fermé, ordonna Élisabeth, oblige-le à ouvrir. Dis que tu viens de ma part. Mais... je n'ai pas d'argent pour le payer.

Théo plongea aussitôt les mains dans ses poches. Il sortit une poignée de pièces qu'il donna au valet.

– Cours-y vite !

En attendant le retour de Colin, le palefrenier était allé chercher de la glace au Grand Commun[23], qu'il avait placée dans des torchons, sur les pieds de Phébus.

– Le voilà ! s'écria Élisabeth en apercevant son serviteur, les bras chargés.

– J'ai tout ce qu'il nous faut.

Ils diluèrent l'argile dans un seau d'eau, pour en faire une pâte dont ils enduisirent les jambes de Phébus.

23. Groupe de bâtiments, à côté du château, où se trouvaient les cuisines, mais aussi des logements pour les employés et certains courtisans.

– L'artichaut est en poudre, comment allons-nous le lui faire avaler ?

– Je le mélangerai à un peu d'avoine, expliqua le palefrenier, dès qu'il sera capable de tenir debout pour manger.

Théo se releva. Les yeux cernés de fatigue, il se tourna vers Élisabeth.

– Retournez vite au château. Vous risquez d'avoir de gros ennuis si on se rend compte de votre absence. Merci encore pour votre aide. Colin ! Raccompagne-la.

– Oui, mais vous ? s'inquiéta-t-elle. Il faut vous reposer, sinon demain vous serez trop épuisé pour faire la course.

– Pour moi, la course est terminée.

– Point du tout. Demandez une autre monture…

– Qu'importe ! enragea-t-il. Sa Majesté nous prête de magnifiques chevaux, mais aucun ne peut battre un pur-sang anglais.

Le pauvre faisait peine à voir. Élisabeth n'insista pas.

– Je vais rentrer. Colin, viens-tu ?

– Tout de suite, Madame.

Le palefrenier se dépêcha de la saluer, puis il observa le page à l'air si triste.

– Monsieur, il est fort tard. Vous devriez aller vous coucher. Ne vous inquiétez pas, je surveillerai Phébus jusqu'à ce que le vétérinaire arrive.

Élisabeth regagna le château en silence. Colin lui fit la courte échelle pour qu'elle franchisse la grille, après quoi elle se déshabilla dans l'obscurité, sans que quiconque ne l'entende, à part Biscuit qui lui fit la fête. Le temps de cacher la robe, de remettre l'oreiller à sa place, et elle s'allongea dans son lit. Minuit venait de sonner.

– Comment faire pour aider Théo ? répétait-elle sans cesse. Comment faire... Oh ! Mais... Oui !

Élisabeth avait une idée, une idée superbe.

– Rien n'est perdu, chuchota-t-elle dans le noir à Biscuit.

Elle avait envie de rire et de chanter ! Son estomac se mit même à gargouiller.

– Tiens. J'ai comme un petit creux...

Et elle se releva pour aller chercher les madeleines et la pomme.

– J'ai bien mérité de manger un peu ! ajouta-t-elle en se frottant les mains.

Chapitre 10

Élisabeth se réveilla de bonne humeur.

– Mme de Guémené n'est pas arrivée ? s'étonna-t-elle. Elle avait pourtant promis qu'elle serait présente pour mon lever.

Marie lui tendit sa robe de chambre.

– Effectivement, elle l'a dit et répété. Mais, ce matin, elle n'était pas là à 8 heures, comme prévu. Tant pis, nous vous habillerons sans elle.

Élisabeth sourit. Le retard de la gouvernante l'arrangeait.

– Dépêchons-nous ! J'aimerais rendre une petite visite à mon frère Charles-Philippe…

La femme de chambre semblait intriguée, mais lorsqu'elle remarqua le visage joyeux de la princesse, elle accepta aussitôt.

– Eh bien, je vais demander que l'on serve tout de suite votre petit déjeuner.

Une demi-heure plus tard, escortée par Colin, Élisabeth se présentait chez son frère. Le domestique qui lui ouvrit parut tout étonné. Raide dans son uniforme, la tête couverte d'une perruque blanche, il s'excusa :

– C'est que, Madame, Monseigneur n'est pas encore réveillé...

– Flûte !

Elle avait oublié que Charles-Philippe, à 17 ans, sortait beaucoup. Il adorait aller au théâtre et à l'opéra en compagnie de ses amis. Il avait dû se coucher très tard. C'était ennuyeux, mais elle ne pouvait patienter davantage. La course commençait à 11 heures.

– Tant pis, je vais le voir tout de même ! Colin ! Attends-moi ici !

– Mais, Madame ! s'offusqua le domestique. Puisque je vous dis...

Elle fila jusqu'à la chambre, où elle s'assit sans façon sur le lit et secoua le prince. Il se réveilla en sursaut. Puis, reconnaissant sa petite sœur, il bâilla et s'inquiéta mollement :

– Que se passe-t-il ? Le château brûle ?

– Non. J'ai besoin d'un service.

Et elle lui parla de la course, de Théo qui était en finale, sans monture, et de Maurice de Fontaine qui gagnerait à coup sûr. Charles-Philippe enfonça sa tête dans l'oreiller, avant de protester, yeux clos :

– Que voulez-vous que j'y fasse ?

– Prêtez-moi un de vos pur-sang. Marie-Antoinette m'a dit que vous en aviez acheté plusieurs pour les faire courir contre ceux du duc de Chartres.

Le prince, réveillé pour de bon, se redressa.

– Êtes-vous sérieuse ?

– Bien sûr ! Il me faut un cheval. Par pitié, Charles-Philippe...

Le jeune homme la regarda avec une furieuse envie de la jeter dehors. Cependant, il se rappela combien elle avait été malheureuse récemment. N'avait-il pas promis de tout faire pour qu'elle oublie le départ de Clotilde ? Il se radoucit, et accepta.

– Fort bien. Puisque cela vous fait plaisir, je vous en prêterai un. Mais, ne vous plaignez pas si votre protégé n'est pas capable de le maîtriser. Ces bêtes sont puissantes, elles filent comme le vent.

– M. de Villebois est un excellent cavalier. Ne vous inquiétez pas. En échange de ce service, demandez tout ce que vous voulez !

Il sourit, amusé de son enthousiasme.

– En échange, Babet, laissez-moi dormir jusqu'à midi. Philibert !

Le domestique apparut, toujours aussi raide.

– Monseigneur désire ?

– Qu'on amène Barbary à la Grande Écurie, pour le prêter à...

Il se tourna vers sa sœur qui termina joyeusement :

– M. de Villebois !

Élisabeth revint en sautillant à ses appartements. Cependant, il lui fallait tout avouer à Mme de Mackau, car l'histoire du pur-sang ne tarderait pas à se savoir. À 9 heures, comme chaque matin, cette dernière se présenta en compagnie d'Angélique.

– Mme de Guémené n'est pas arrivée ? s'étonna-t-elle.

– Non, lança Élisabeth. Et c'est aussi bien, car j'ai des choses à vous confier.

La sous-gouvernante fronça les sourcils. Quant à Angélique, elle s'angoissa aussitôt. L'escapade de cette nuit avait-elle mal tourné ? Élisabeth la rassura d'un geste. Puis elle raconta la maladie de Phébus, et son idée de prêter à Théo un des chevaux de Charles-Philippe.

– Vous êtes allée déranger votre frère ? s'indigna Mme de Mackau.

– Oui. Au début, il était furieux. Puis il a accepté, pour me faire plaisir.

– Vous avez eu raison de m'en parler. J'aurais été très ennuyée de l'apprendre autrement.

La porte s'ouvrit. Une Mme de Guémené chancelante fit son apparition. Elle bâilla derrière sa main et s'affala sur le premier fauteuil qu'elle trouva, sans même saluer la princesse.

– Allez-vous bien ? s'alarma la sous-gouvernante.

– Ma nuit a été fort courte…

Elle éclata de rire et ajouta :

– Figurez-vous que j'ai reçu Sa Majesté la reine hier soir. Nous avons joué aux cartes et écouté de la musique jusqu'à 3 heures du matin. Je suis fourbue, morte, exténuée. En un mot, bonne à rien !

Élisabeth manqua lui dire que « bonne à rien » faisait trois mots, mais elle préféra se taire. Et même, elle encouragea la gouvernante à rester assise.

– Ne vous inquiétez pas, lui glissa-t-elle. Reposez-vous. Mme de Mackau m'accompagnera…

– Où donc ?

– À la course des pages !

Mais Mme de Guémené venait de poser sa joue dans sa main. Les yeux fermés, elle semblait être retournée au pays des songes. Élisabeth haussa les épaules.

– Nous n'avons plus qu'à nous préparer et à nous rendre à la Ménagerie.

Une fois la porte close, Angélique s'offusqua :

– Dire que Mme de Guémené demande au personnel de ne pas négliger son travail ! Et elle, elle arrive avec une heure de retard, sans s'excuser !

– Angélique ! la réprimanda sa mère.

– Eh bien, tant mieux ! se mit à rire Élisabeth. Nous pouvons très bien nous débrouiller sans elle, non ?

Mme de Mackau n'osa pas répondre. Elle soupira et lança :

– Je vais faire préparer vos vêtements de cérémonie.

Élisabeth en profita pour raconter à Angélique son escapade nocturne à la Grande Écurie. Son amie en fut toute chamboulée !

– C'est sûr, tu es folle ! la disputa-t-elle. Imagine qu'un garde t'ait surprise à passer par-dessus la barrière ? Ou que quelqu'un t'ait agressée...

– Colin m'accompagnait. Et puis, c'était uniquement pour que Phébus soit soigné !

Elle soupira, puis pouffa :

– J'aimerais bien voir la tête de Théo lorsqu'on lui amènera Barbary !

Chapitre 11

– Phébus va-t-il mieux ? s'inquiéta Guillaume en retrouvant son ami, ce matin-là, aux écuries.

– Oui, répondit Théo, il s'est levé. Le vétérinaire a dit qu'on l'avait bien soigné et qu'il allait guérir.

– Tant mieux. Quel cheval monteras-tu, pour la course ?

Les épaules de Théo s'affaissèrent.

– Je ne la ferai pas. De toute façon, nous n'avons aucune chance contre Fontaine.

Il se tut. M. de Beaupré arrivait. L'écuyer tenait par la bride un immense pur-sang gris, une bête magnifique à la puissante musculature.

– Ooohh...

– Pour vous, déclara l'écuyer d'un ton sec. Il se nomme Barbary. Monseigneur d'Artois, le frère du roi, vous le prête.

– À moi ?

Théo n'en croyait pas ses oreilles ! Il avança une main tremblante pour toucher l'animal, qui frémit à son contact.

– Vous devez cet honneur à Madame Élisabeth. J'espère que vous saurez vous en montrer

digne. Faites attention. Sanglez vos étriers plus haut que d'ordinaire. Et, lorsque Barbary sera au galop, couchez-vous sur son encolure. Ensuite, priez pour terminer la course sur son dos.

– Merci, monsieur, pour ces conseils.

– Ne me remerciez pas. J'ai donné exactement les mêmes à M. de Fontaine.

Et, du menton, il désigna le page de la reine, assis fièrement sur un pur-sang anglais tout aussi magnifique. Puis il s'indigna :

– Sachez que je n'approuve pas ces changements. Les autres candidats auront peu de chances de gagner, à moins que M. de Fontaine et vous ne tombiez.

Théo acquiesça, gêné. Effectivement, c'était injuste pour leurs camarades.

– Messieurs, en selle !

Les dix finalistes partirent au petit trot en direction des jardins de Versailles. Là, entre le Grand Canal et la Ménagerie, se trouvait une longue allée gazonnée qui leur servirait de piste de course.

Barbary était un cheval extraordinaire, fougueux, nerveux. On aurait dit qu'il dansait. Théo se sentait tout à la fois excité et terriblement angoissé. Parviendrait-il à le maîtriser au galop ?

Près de la Ménagerie, une estrade couverte de velours bleu avait été dressée. De nombreux courtisans se pressaient autour. Ils lancèrent un « Ah ! » satisfait lorsque Marie-Antoinette et sa belle-sœur arrivèrent en calèche, saluèrent la foule, et s'assirent sur deux fauteuils à haut dossier. Le Grand Écuyer, l'officier qui dirige la Grande Écurie, les accueillit.

– Votre Majesté, Madame, il y aura tout d'abord deux courses de cinq candidats. Le départ sera donné devant vous. Ces jeunes gens iront jusqu'au Grand Canal et reviendront. Les gagnants de chaque groupe concourront ensuite pour une couronne de lauriers dorés que le vainqueur aura l'honneur de recevoir de vos mains.

Il s'inclina avec respect et se recula pour se placer debout derrière elles.

– Les voilà ! s'écria Élisabeth.

Elle fit un signe à Angélique, installée au bord de la piste avec sa mère et Colin, qui se tournèrent pour voir arriver la dizaine de

chevaux. Lorsqu'ils furent plus près, ils distinguèrent les uniformes rouges ou bleus des pages, ainsi que ceux, noirs, des écuyers. « Oh ! » fit la foule en tendant le cou. Deux montures attiraient l'attention. Jambes fines et musclées, la tête fièrement levée, la queue haute, les pur-sang anglais étaient splendides.

Quelques instants plus tard, les finalistes mettaient pied à terre et saluaient la reine et la princesse.

– Messieurs, déclara le Grand Écuyer, je vous félicite pour vous être montrés si valeureux au cours des qualifications. Nous avons décidé de vous partager en deux groupes tirés au sort. Voici le résultat...

Élisabeth, tout comme les dix jeunes gens, retint son souffle. Oui ! Le hasard avait bien fait les choses : Théo et Guillaume se trouvaient dans des groupes différents, ce qui leur donnait une chance à chacun de participer à la finale. Théo était dans le premier, et Guillaume et Maurice dans le second.

– Messieurs de la première manche ! lança M. de Beaupré, à vous !

Guillaume s'approcha de Théo.

– Retiens Barbary, lui glissa-t-il, afin qu'il ne se fatigue pas. Fontaine gagnera à coup sûr l'autre course. Vous tomberez alors face à face pour la finale, et ton cheval sera plus reposé que le sien.

– J'en avais bien l'intention, mais pour une autre raison. Je refuse d'humilier mes camarades en les battant à plate couture.

Bientôt, les chevaux s'alignèrent au départ, piaffant d'impatience. Un coup de feu retentit ! Les dames et les demoiselles en crièrent de peur ! Les cinq concurrents s'élancèrent au galop. Théo, comme prévu, tira sur les rênes pour freiner Barbary et laissa ses compagnons faire la course en tête. Une fois au Grand Canal, ils firent demi-tour. Lorsque la ligne d'arrivée fut en vue, Théo lâcha la bride à son cheval. Il doubla sans peine les quatre autres, pour gagner d'une courte tête.

– Bravo ! lui lança Élisabeth, ravie.

Dès qu'il mit pied à terre, Guillaume vint le féliciter. Maurice de Fontaine, qui passait près d'eux, toisa Barbary d'un œil dédaigneux.

– Votre pur-sang anglais, Villebois, n'est qu'une vulgaire rosse[24] sans souffle ni jambes ! Attendez de voir ce que vaut le mien !

Théo serra les poings.

– Rira bien qui rira le dernier, marmonna-t-il en le regardant s'éloigner.

Une main se posa sur son épaule. Il s'agissait de Richemont, un Ancien de son groupe.

– Ne l'écoutez pas, Villebois. Vous nous avez battus avec élégance, sans faire étalage de votre force. Merci. Nous avons appris ce que

24. Mauvais cheval, vieux et sans force.

Fontaine a fait à Phébus. J'espère que vous lui flanquerez une raclée, de notre part à tous.

– J'y compte bien, Richemont !

– Messieurs de la seconde manche, entendirent-ils, en selle !

– Bonne chance, Guillaume, lança Théo.

Bien sûr, la course fut sans surprise. Dès le départ, Maurice prit la tête. Il avait déjà atteint le Grand Canal, que ses adversaires n'en étaient qu'à la moitié de l'allée. Il revint à fond de train, passa la ligne d'arrivée et tira si fort sur les rênes pour s'arrêter que l'animal se cabra. Contrairement à ce qu'il supposait, peu de spectateurs l'acclamèrent. Au contraire, tous étaient tournés vers ses concurrents, groupés, que l'on encourageait chaleureusement.

Guillaume arriva deuxième, mais il fut fêté comme s'il était premier, au grand désespoir de Maurice ! Élisabeth se leva pour l'acclamer.

– Messieurs de Villebois et de Fontaine, lança M. de Beaupré, en place pour la finale.

Théo et Maurice gagnèrent la ligne de départ, concentrés. Leurs mains tenaient fermement les rênes. Leurs chevaux attendaient, piaffant d'impatience.

– Je vous aurai, jeta Maurice tout bas.

Théo se contenta de rire. Il regarda Élisabeth. Elle lui avait fait confiance en lui prêtant Barbary. Il ne la décevrait pas. Il lui fit un geste discret, auquel elle répondit par un sourire.

En fait, elle n'en menait pas large. Elle avait si peur qu'il perde ! Théo ne le méritait pas. Comme elle aurait aimé descendre de son estrade pour lui dire quelques mots rassurants !

– Prêts ? demanda M. de Beaupré, l'écuyer, en levant son pistolet.

Le coup de feu claqua ! Aussitôt, les deux cavaliers s'élancèrent. Sur leur passage, les spectateurs applaudissaient, ce qui leur donnait des ailes. Les deux pur-sang galopaient côte à côte, tandis que les pages se couchaient sur l'encolure pour ne faire qu'un avec eux.

Maurice, déterminé, poussa le sien, le frappant violemment des talons. L'animal bondit ! À mi-parcours, il devançait Théo d'une longueur. Lorsqu'ils attaquèrent le retour, ce dernier encouragea son cheval.

— Plus vite, Barbary ! Plus vite !

Le pur-sang s'envola. Théo s'agrippa à sa crinière, serra ses genoux, et pria pour ne pas tomber ! Oui ! Il rattrapait son retard avec une incroyable aisance, grignotant la distance entre eux, foulée après foulée. Il passa la ligne d'arrivée en tête sous les acclamations ! Puis Théo se sentit soulevé de la selle par des dizaines de mains. Ses compagnons, « rouges » et « bleus » mêlés, le portaient en triomphe !

– Bravo, Villebois ! braillaient-ils.

– Bravo ! criait aussi Élisabeth.

Elle était si contente ! Dans la foule, Angélique et Colin faisaient des bonds de joie ! Même Marie-Antoinette l'applaudissait !

Maurice observait la scène, la rage au cœur. Plus personne ne faisait attention à lui. Il sauta de son cheval. La pauvre bête, épuisée, reprenait son souffle, de l'écume aux lèvres.

– Espèce de canasson, bidet, tocard ! s'emporta-t-il. J'ai honte de toi !

Et il partit à pied, tête basse, sans se retourner.

– M. de Fontaine ? s'étonna le Grand Écuyer. Dieu quel mauvais caractère ! Eh bien, tant pis pour lui. M. de Villebois ! appela-t-il ensuite. Venez, je vous prie.

Aussitôt, les jeunes gens reposèrent Théo qui s'avança, son chapeau à la main, tout décoiffé. Il passa ses doigts dans ses cheveux, rajusta sa veste bleu, et monta les marches de l'estrade.

Puis, il fit sa plus belle révérence à la reine et à Élisabeth, un peu intimidé.

– Monsieur, commença Marie-Antoinette, quelle belle course ! Vous nous avez fait vibrer jusqu'au dernier instant. Au nom de mon époux, le roi, j'aimerais vous remettre cette récompense...

Élisabeth lui tendit un petit coussin de satin où reposait une couronne de lauriers dorés. La reine s'en saisit, mais hésita.

– Madame, je crois que ce monsieur est votre page... Aimeriez-vous la lui donner vous-même ?

Et elle la rendit à Élisabeth, qui en rosit de plaisir. Le cœur de Théo battait à tout rompre. Il s'agenouilla devant la princesse, baissa la tête et attendit. Élisabeth était bien embêtée !

Elle n'avait préparé aucun discours. « Et puis, flûte ! », pensa-t-elle en posant délicatement les lauriers sur les cheveux de Théo.

– Monsieur, vous êtes mon page… et mon ami. Je suis fière de vous couronner.

Théo hésitait à répondre. Il se mordit les lèvres, se releva et osa :

– Si je n'avais pas monté Barbary, jamais je n'aurais remporté cette victoire…

Il ôta doucement la couronne qu'il tint ensuite à bout de bras devant ses camarades, rassemblés au pied de l'estrade.

– Messieurs, nous étions dix finalistes. Certains d'entre vous étaient bien plus dignes de gagner que moi. Cette récompense est pour vous tous !

Il y eut une explosion de joie ! La reine, les pages, les courtisans, tous apprécièrent les mots du page. Élisabeth en eut les larmes aux yeux !

– Une collation nous attend à la Ménagerie, annonça Marie-Antoinette. Je suis sûre que tous ces jeunes gens meurent de faim.

De nouveaux cris ravis retentirent ! Théo descendit de l'estrade. Il voulut donner la couronne à Guillaume, mais celui-ci la refusa.

– Elle est à toi, au moins pour aujourd'hui. Va plutôt féliciter Barbary, il l'a bien mérité.

Alors, Théo remit ses lauriers. Il caressa le pur-sang, puis il sauta sur son dos.

– À la Ménagerie, mes amis !

Les jeux équestres à Versailles

Pendant des siècles, les rois de France organisèrent des tournois où des chevaliers en armure se défiaient, à la lance ou à l'épée. Ces joutes étaient l'occasion pour tous les chevaliers et les membres de la royauté de prouver leur bravoure. Elles étaient assez violentes et prirent brutalement fin en 1559, lorsque Henri II fut gravement blessé à l'œil par une lance et mourut. Les fêtes équestres cessèrent, pour ne reprendre qu'en 1662.

À l'occasion de la naissance de son fils, Louis XIV offrit à la Cour un carrousel. Il s'agissait de somptueuses parades en musique, avec de magnifiques costumes, où plusieurs centaines de cavaliers montraient leur agilité à cheval, mais sans combattre. Ces jeux étaient également accompagnés de « course à la bague »

ou « à la tête », que les spectateurs appréciaient particulièrement.

Malheureusement, ces parades coûtaient si cher que l'on arrêta de les organiser sous Louis XV et Louis XVI.

En 1775, Charles-Philippe, le frère d'Élisabeth, mit à la mode les courses de galop. Le prince dépensa des sommes folles pour acheter les plus beaux pur-sang anglais, réputés pour leur rapidité. Marie-Antoinette adorait elle aussi ce sport, et rêva longtemps de posséder sa propre écurie. Louis XVI, qui trouvait ce passe-temps futile et trop onéreux, le lui refusa.

Charles-Philippe créa plusieurs pistes de galop. Il y lança, avec son cousin le duc de Chartres et M. de Guémené, les premières courses en France. Élisabeth eut l'autorisation d'y assister !

Élisabeth
princesse à Versailles

Nous sommes en 1774, Élisabeth a 11 ans et c'est la petite sœur de Louis XVI. Orpheline de bonne heure et benjamine de la fratrie, Élisabeth est la chouchoute de la famille et elle sait en jouer. Avec sa grande amie, Angélique de Mackau, elle va être amenée à résoudre bien des intrigues à la Cour de Versailles.

1

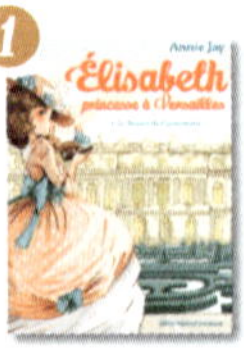

Élisabeth et Angélique mènent l'enquête à la Cour de Versailles pour résoudre le vol d'un précieux tableau.

2

L'heure est grave, Colin, le jeune valet d'Élisabeth, est accusé de vol. Comment prouver son innocence ?

3

L'enquête continue pour Élisabeth. Parviendra-t-elle à retrouver le tableau disparu? Mais attention, Maurice rôde...

4

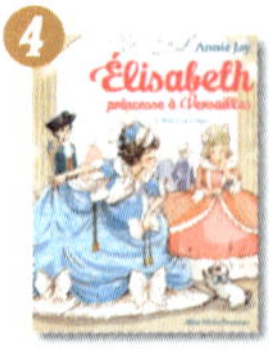

Alors qu'à Versailles tout le monde se prépare pour le grand bal, Biscuit, le petit chien d'Élisabeth, disparaît mystérieusement...

5

Il neige à Versailles ! Élisabeth ne s'est jamais autant amusée. Mais qu'est devenu le frère de Margot, la petite orpheline ?

6

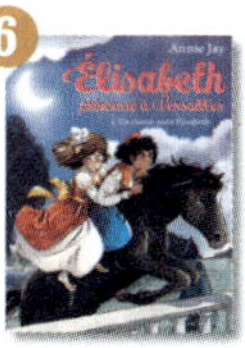

Des visiteurs à Versailles ! Élisabeth réussira-t-elle à apprivoiser Éclipse, la jument offerte par l'ambassadeur de Libye ?

7

Des bandits préparent un mauvais coup... Élisabeth réussira-t-elle à les arrêter ?

8

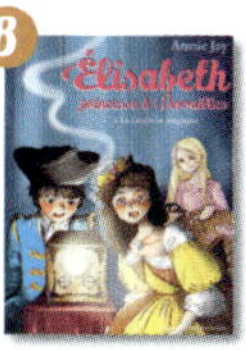

Le collier de Mme de Marsan a disparu ! Le lui aurait-on volé ?

9

Qui est Arabelle ? Pourquoi vit-elle recluse ? Élisabeth va tout faire pour le découvrir...

10

Un courrier du roi a été intercepté. Élisabeth parviendra-t-elle à le récupérer ?

11

Élisabeth rencontre Bertille, une jeune fille à la recherche d'un trésor caché... Vont-elles le trouver à temps ?

12

En visite au musée du Louvre, Élisabeth se lie d'amitié avec une jeune peintre. Ensemble, elles essaieront de démasquer un faussaire !

13

Pour réconforter Élisabeth, des jeux équestres sont organisés à Versailles. Qui sera le grand vainqueur ?

Lis très vite les nouvelles aventures d'Élisabeth !

Tome 14 à paraître en septembre 2019.

Conception graphique : Delphine Guéchot

Imprimé en France par Pollina S.A en mai 2019 - 89620
Dépôt légal : avril 2019
Numéro d'édition : 22984 / 02
ISBN : 978-2-226-40365-0